의성 할매, 할배들 아직 살아 있네

한성규 지음

맑은샘

2020 의성 살아보기
"예술가 一村맺기 프로젝트"

이 책은 의성군과 이웃사촌지원센터가 주최하고 ㈜인디053이 주관한 2020 의성 살아보기 "예술가 一村맺기 프로젝트" 사업의 일환으로 제작되었다.

전국공모를 통해 선정된 17팀의 다양한 청년예술가들이 의성군 6개의 마을(안계면 위양2리, 단밀면 생송3리, 단밀면 서제1리, 단북면 성암1리, 구천면 모홍3리, 비안면 옥연1리)에서 주민들과 함께 살았다. 짧게는 한 달에서 길게는 넉 달까지 마을살이를 하며 주민과의 교류를 통해 삶에 기반한 생활문화생태계를 만들고, 예술의 일상화를 통해 어르신들에게 새로운 활력을 불어넣었다.

한성규작가는 7월부터 10월까지 넉 달 동안 단북면 성암1리 칠성마을에서 살며 주민들을 인터뷰하고 주민들이 살아왔던 이야기와 마을에서의 추억을 기록했다.

2020 의성 살아보기 "예술가 一村맺기 프로젝트"는 예술가의 예술 활동과 주민예술체험이라는 범위를 넘어 청년들이 농촌이라는 곳을 살아가는 새로운 방법을 모색했다. 앞으로도 다양한 방법을 통해 청년예술가들이 새롭게 의성을 만나고 관계맺어갈 수 있도록 노력하고자 한다.

이웃사촌지원센터장 유 정 규

칠성마을 살아 있는 이유?

#관계 #수다 #이웃 #모이다

이 이야기는 깡촌에서 태어나

어떻게든 개천에서 나온 용이 되려고

서울로, 일본으로, 뉴질랜드로, 중국으로 가고,

심지어 군대도 미군 부대에서 복무한 내가,

한국에 돌아와 경상북도 의성의 칠성마을이라는

담뱃가게도 하나 없는 마을에서 4개월 동안 생활한

기록이다.

마을의 주민들과 웃고 떠들고, 울지는 않았고,

모여서 밥을 나눠 먹고 밤에는 별을 보며

낮에는 꽃을 보며 또 웃고 떠들고 살았던 이야기이다.

차례

내 새 친구들은
60, 70, 80~90대 할아버지 할머니

경상북도는 대한민국에서 강원도와 함께 대표적으로 향후 100년 이내에 소멸할 곳으로 손꼽히고 있다. 한국보건사회연구원이 6월 발표한 '지역 인구 공동화 전망과 정책적 함의'라는 연구 보고서에 따르면 경북에서도 문경, 영양, 고령, 의성이 인구 감소율이 가장 높은 것으로 드러났다. 이 중에서도 의성군은 전국 228개 기초 자치단체 가운데에서도 지방 소멸 위험도가 가장 높은 곳이다. 고령화가 가장 빨리 진행되고 있는 대한민국에서 고령화, 인구 감소 속도

경상북도 의성군 칠성마을 풍경

가 가장 빠르다면 전 세계에서도 가장 빠른 것이다.

경상북도 의성군은 2013년 이후로 출생 대비 사망
자 수가 4배가 넘어 심각한 인구 절벽의 상징으로 꼽
히고 있다. 그도 그랬던 것이 내가 친하게 지냈던 칠

성마을 주민들은 80대가 많았으며 청년 회장님도 우리 아버지 또래인 60대셨다. 경북에서는 김태희가 밭을 매는 것이 아니라 70대 할머니가 밭을 맨다. 밭매고 김매는 분들의 평균연령이 70대였고 90대 할머니가 아직 밭에 나가신다. 술집이나 식당은커녕 슈퍼마켓도 한참을 나가야 있었으며 대한민국에서는 한 집만 건너면 또 한 집 있다는 편의점은 이곳에서는 먼 달나라의 이야기였다. 하지만 설탕이나 소금 범벅인 과자 대신 어르신들과 같이 먹는 자두며, 복숭아며, 수박이 더 달았고, MSG에 절어 허겁지겁 먹기 일쑤인 맛집 음식들보다 옆집 할머니가 부추만 넣어서 금방 부쳐주신 부침개가 훨씬 맛있었다. 50살이 넘는 세대 차이를 뛰어넘어 할아버지 할머니들과 유튜브 먹방을 보면서 TV의 종말을 논하고, 국영방송 KBS의 존폐를 의논하고, 올해 터진 정치인들의 미투 사태 등을 논하면서 나는, '어 이거 말이 왜 이렇게 잘 통하지?' 하는 신기한 생각을 했다. '이렇

할머니 할아버지들

게 말이 잘 통하는데 틀딱충이니 연금 도둑놈이니 하는 프레임은 어떤 새끼가 어떤 정치적 목적으로 만든 거지? 그런 단어를 쓰는 사람들은 할아버지 할머니들이랑 제대로 대화를 한 적이 있기나 한 걸까?'라는 합리적 의심까지 하게 되었다.

이 책은 대한민국 아니, 나아가 세계에서도 유례를 찾아보기 힘들 정도로, 거의 5G 속도로 소멸해가는 의성의 한 마을에서 살아가는 할아버지, 할머니들 그리고 나의 이야기다. 50년, 아니 40년만 지나면 이 마을은 100여 채의 빈집만 남긴 채 모든 사람이 사라질지도 모른다. 나는 이 마을에서 살다 간 사람들의 이야기를 역사로 남기리라는 담대한 포부를 품었다. 세종대왕, 대통령, 총리? 그 사람들 이야기는 이 책 저 책, 여기저기 많이 남아 있다. 하지만 이 사람들은, 아니 당신이나 나처럼 평범한 모든 사람은 지구 위에서 별다른 이유 없이 태어나 그냥 살다가 조용하게 사라진다. 우리가 지구상에서 남기는 흔적이라고는? 우리와 가까웠던 사람들의 마음에 한 자리 차지하는 정도?

나는 의성군 단북면 칠성마을에 사는 사람들의 흔적을 글로 남기기로 했다. 비록 4개월의 짧은 시간이 었지만 내 마음에 한자리를 차지한 사람들의 이야기를 지금부터 들려주려고 한다. 4개월 전에 우리는 한 번도 만난 적 없는, 아니 만나려고도 하지 않았던 관계였다. 이 마을을 떠나는 지금 칠성마을 사람들은 내 인생의 일부가 되었다. 이 책을 읽고 나면 내가 만난 새로운 60대, 70대, 80~90대 친구들의 재치, 유머, 그리고 인생을 느낄 것이다. 50년의 세대 차는 그저 말뿐이었다는 말을 여러분들도 이해할 수 있을 것이다.

태풍에 쓰러진 벼들

　이 책을 쓰는 동안 두 번의 강력한 태풍이 불었다. 집따까리*가 날아가고 도시에서는 외제 차가 물에 잠기고 아파트 창문들이 훨훨 날아갔다. 뉴스에는 하루 종일 태풍에 관련한 방송이 나왔다. 시골에서는 경고 방송이 계속되었다. 죽기 싫으면 동네 주민들은 논일이나 밭일을 삼가고 집에 있으라는 방송이었다. 하루에도 몇 번씩이나 온 마을에 죽음의 경고가 울려 퍼졌다. 다행히 인명 피해는 없었다. 하지만 할

....

* '지붕'의 방언(경북)

쓰러진 벼

서로를 지탱하는 벼들

아버지 할머니들이 반년 넘게 키우고 있던 벼들이 쓰러졌다. 쓰러진 벼의 이삭이 물에 젖으면 이삭 안의 쌀은 썩어 버린다고 한다. 동네 사람들은 쓰러진 벼를 세우러 나갔다. 나도 따라 나가서 도대체 어떻게 벼를 세우는지 관찰했다.

벼를 다시 일으켜 세우는 방법은 훌륭했다. 쓰러진 벼의 옆에 있는 벼를 이용하는 것이었다. 즉, 모진 태풍에도 지지 않고 꿋꿋이 서 있는 벼를 이용했다. 쓰러진 벼와 뭉치로 묶어서 같이 일으켜 세우는 것이었다. 그렇게 옆의 벼의 도움을 얻으면 쓰러졌던 벼들도 얼마 지나지 않아 홀로 서게 됐다.

도시에는 사업 실패, 연애 실패, 시험 실패로 인한 실패자들 낙오자들이 넘쳐난다. 역마다 노숙자들이 넘쳐나고 집집마다 방에서 나오지 않는 젊은이들이 넘쳐난다. 시골에는 노숙자도 외톨이도 없었다. 나는 쓰러졌다가 옆에 있는 벼의 도움을 받아 다시 일

...들을 보며 사회에서 사람이 다시 일어서는 ...필요한 것이 무엇인지 생각해 보았다. 사회라는 공동체에서 시련을 겪고 쓰러져 버린 사람이 다시 일어서는 데 필요로 하는 것은 돈도, 권력도, 어떤 물리적인 것도 아니다. 다른 사람을 다시 일으켜 세우고 서로 지탱하는 것은 이웃이었고, 다른 사람이었다. 칠성마을 사람들은 힘이 넘쳤다. 목소리도 우렁차고 밭이나 논에 나가면 20~30대처럼 일했다.

4개월 동안 이 활기찬 시골 마을에서 생활하며 한 가지 발견한 사실은 이 마을 사람들이 서로 기대고 서로 의지한다는 것이었다. 그럼 나와 같이 경상북도 의성군 단북면 칠성마을로 한번 떠나보자.

서로 의지하며 친하게 지내는 두 주민

칠성마을 사전 조사

　내가 4개월 동안 머물게 될 마을의 공식 명칭은 경상북도 의성군 단북면 성암1리라고 했다. 택시 기사를 포함한 모든 사람들이 칠성마을이라고 부르지만 관에서 성암1리라고 정했으니 성암1리일 수밖에. 우리가 무슨 힘이 있나?

　떠나기 전 먼저 인터넷에 성암1리를 검색해 보았다. 구글 검색으로 제일 먼저 튀어나온 검색 결과는 내외뉴스통신의 한 신문 기사였다. 2019년 1월 5일에 성암1리 부녀회가 염색 봉사를 하고 어르신들 점심을 대접했다는 내용이었다.

바닥에 신문지를 깔고 국그릇 같은 것에 염색 재료를 담아 할머니들 머리를 염색하는 사진이 나왔다. 기사 내용을 보자. 성암1리 마을 회관에서 마을 부녀회가 주축이 되어 어르신들 30명을 대상으로 염색 봉사를 하고 점심 식사를 대접했단다. 사진에는 엄청난 광경이 벌어져 있었다. 미용 기술도 제대로 배우지 않았을 것 같은 분들이 대여섯 명의 머리를 한꺼번에 염색하고 있었다. 하루에 30명이나 염색을 해치우다니? 무엇보다 점심을 먹기 전까지 30명의 염색을 모조리 끝내고 난 후에 점심까지 차려서 대접했단다. 이게 무슨. 이 슈퍼super라는 말이 어울리는 성암1리 부인회에 대한 소식을 더 알아보았다. 지난해에는 마을 어르신들을 모조리 모시고 부산 해운대에 소풍까지 다녀왔단다. 성암1리 부녀회장님은 기자에게 이렇게 말씀하셨다.

"이웃을 가족처럼 생각하고 도와주고자 하는 따뜻한 마음들이 모여 이번 봉사가 가능할 수 있었다. 마을 어르신들과 젊은 분들이 어울릴 수 있는 분위기를 만들어 마을이 화합되고 어려운 이웃과 정을 함께 나누고 더불어 행복하게 살아가는 마을 공동체로 거듭나겠다."

멋있었다. 이 부녀회장님은 시골 생활을 시작한 나에게 무려 자기 밭에 있는 모든 경작물을 마음껏 따먹을 수 있는 권리를 주셨다. 쿨내가 진동하는 분이셨다.

2011년 8월 19일 자 경북일보에는 이런 기사도 있었다. 의성군 단북면 성암1리(이장 이영희) 주민들이 의성군 인재 육성을 위한 장학기금 2백만 원을 기탁했다는 뉴스였다. 이 마을 주민 대표가 17일 의성군청을 방문, 주민들이 정성으로 모은 장학 기금을 전

달하는 기탁식을 가졌다고 하며 사진이 나왔는데, 군수님으로 보이는 분과 마을 주민으로 보이는 분 세 분이 계셨다. 군수님은 2백만 원 장학금 기탁 패널을 들고 활짝 웃으셨지만 마을 주민으로 보이는 세 남자는 경직된 차렷 자세로 딱딱하게 서 있었다.

이 세 분은 칠성마을 이장님, 청년회장님, 전임 이장님으로 밝혀졌다. 나에게 사과와 자두, 복숭아, 밑반찬 등 온갖 시골의 달콤함을 가져다주셨던 분들 되시겠다.

인터넷 검색을 끝내고 갑자기 학구적인 작가 정신이 발동해 책을 파고들었다. 학술 자료에서 마을의 지리적 의미도 찾아보았다. 연혁부터 살펴보았다. 무슨 일이든 역사를 모르면 안 되니까. 칠성마을은 신라 고려 조선 말엽까지 단밀현 지역으로 상주 직할이었다고 한다. 엥? 그러니까 칠성마을은 '영

칠성마을 입구

미영미' 컬링의 도시, 마늘의 본고장 의성 소속이 아니라 옆 도시 상주였던 것이다. 일제 시대인 1907년(광무 11년)에는 비안군으로 이관되었다고 한다. 우리나라도 1907년까지는 왕이 있어서 광무라는 연호를 사용했던 것이다. 지금은 어디 갔지? 지긋지긋한 일제 시대인 1914년에 또 행정 구역 개편을 실시했는데 칠성조암七星槽岩을 성암동으로 해 법정동이 되었다고 한다. 이거 무슨 일본말인가? 이해가 안 됐다. 이해가 가는 말은 칠성마을이 속해있는 성암동이 성암 1, 2, 3동으로 분동 되었다는 말이었다. 호돌이가 굴렁쇠를 굴리기 4개월 전인 1988년 5월 1일에 의성군 조례 제1225호(88.5.1)에 의거해서 성암동이라는 명칭이 성암리로 되었단다. 그러니까 예전에는 농촌의 마을들도 무슨 무슨 리가 아니라 도시처럼 무슨 무슨 동이었던 것이다. 사실 칠성마을 사람들은 아직노 이장님을 동장님이라고 불렀다.

마을 고인돌

지역은 의성군 단북면에 있는 성암리ㄴ로ㄴㄴ로라고 한다고 했는데 원래 이름은 칠성마을이었다. 마을 사람들도 모두 칠성마을이라고 부른다. 그렇다면 왜 성암리가 되었나? 칠성ㄴ로의 성 자와 조암ㄴ로의 암 자를 따서 성암리라 부르게 되었단다. 자료에 따르면 성암리는 "산간 지역이나, 비교적 평지가 많은 지역이다."라고 되어 있었다.

칠성마을의 유래는 7개의 바위다. 마을 들판에 큼

마을 고인돌 설명

직큼직한 바위 7개가 북두칠성의 모양으로 있었는데, 이를 좋은 징조로 보아 마을 이름도 칠성이라 붙였다고 한다. 예로부터 논에 삽질할 때마다 삽을 부숴 먹던 거대한 돌 7개가 있었는데, 나중에 이 큼직큼직한 바위 7개는 무려 선사시대 고인돌로 밝혀졌다. 지금 이 무거운 돌들은 삽자루를 피해 마을 공원에서 관광 자원으로 변모했다. 칠성마을의 주위에도 바위가 유래가 된 마을이 몇 있는데 주암, 조암마을이다. 주암과 조암은 마을 앞에 구슬바위라고 불리는 바위가 3개 있었고, 나중에 이것을 한자로 바꿔 주암, 조암으로 부르게 되었다고 한다.

의성에는 450년 전부터 말을 많이 사육하고 마을 앞에 용이 나왔다는 노연리나 고려 시절 한 선비가 용이 승천하는 것을 보고 그곳을 팠더니 물이 솟아서 이름 붙은 용기리 등도 있었지만 나는 칠성마을이 제일 마음에 들었다. 북두칠성을 떠올리게 하는 7

개의 바위가 들판에 퍼버버벅 하고 박혀 있었다. 이거 어디서 많이 본 이야기 아닌가? 80년대에 태어난 아시아인들이라면 다 보았을 만화 드.래.곤.볼. 무엇이든 소원을 들어주고 난 후에는 빛을 잃고 땅에 퍼퍼퍼벅 박혀 버리는 그 일곱 개의 구슬. 이름하여 드.래.곤.볼. 나는 왠지 여기서 사이어인 할아버지 할머니들을 만나게 될 것 같은 예감까지 들었다.

내가 성암1리에 가지게 된 첫인상은 반나절 만에 30명 염색, 부산으로의 선진지 견학, 어르신들과 젊은 사람들이 함께 어울리는 마을, 그리고 드래곤볼과 사이어인 할아버지 할머니들이었다.

첫 만남

마을에 도착하자마자 마을에서 제일 나이 많은 사람을 찾았다. 이유는 모르겠지만 왠지 이 마을에서 가장 나이가 많은 사람을 만나야 할 것 같았다. 영화를 너무 많이 봤나? 나는 마치 남의 학교에 혼자 쳐들어와서 "야이 씨, 이 학교에서 제일 싸움 잘하는 놈 나와!"라고 소리치는 초등학생 같은 기세를 부렸다.

칠성마을 최고령자 고복선 할머니와 막내 이목형 씨

고복선 할머니와 이목형씨

　칠성마을의 최고령자 고복선 할머니는 올해 96세
이시다. 1925년생으로 현재 몸무게는 37kg이지만 아
직 건강하시고 집 마당 텃밭에서 온갖 야채를 재배
해 아들, 딸, 손자, 손녀, 증손자, 증손녀들을 대접한
다. 지금도 아들들이 놀러 와서 설거지라도 할라치
면 할머니는 남자가 설거지하는 게 아니라며 직접 하
셨다. 그랬다. 내가 머무른 곳은 경상도였다. 그것도

대구경북.

할머니는 얼마 전 난소에서 14㎝나 되는 혹이 발견
되어 병원에 갔다. 자식들에게 아프다는 소리를 일
절 하지 않던 할머니였다. 할머니를 찾아왔던 가족
들은 할머니가 좀 이상하다는 것을 발견했다. 할머
니가 배를 움켜쥐는 모습에 바로 병원으로 모셔갔
다. 병원에서는 할머니의 몸에서 혹을 발견했다. 의
료진은 할머니의 나이만 보고 수술을 망설였다. 병
원 측은 수술을 하더라도 나이를 생각하면 위험하다
는 말을 했다. 수술을 안 하면? 그대로 끝이었다. 다
들 나이 때문에 수술의 성공을 장담할 수 없었다. 자
식들은 할머니의 수술을 결정했고 할머니는 부분 마
취만 받고 30분 만에 다시 건강한 모습으로 살아나
셨다. 수술 후에 내뱉은 첫마디가 이것이었다.

"애들아 밭에 깨를 심어 놨다. 그거 좀 솎아 줘야

하는데 깜빡했다."

막내아들 이목형 씨는 눈물을 삼키며 깨는 미리미
리 다 숨어 놓았다며 어머니를 안심시켰다.

할머니의 회복 속도는 병원의 모든 의료진을 놀라
게 했다. 수술 후에 가르쳐준 호흡법을 며칠 따라 하
시더니 금방 평상시의 건강한 모습으로 돌아왔다.
병원 측의 검사 결과 할머니의 신체 나이는 77세였
다. 무려 20년의 세월을 역행하는, 사이어인 같은 몸
이었다. 할머니의 몸이 부러웠던 병원 사람들은 평
상시 할머니의 생활 패턴을 여쭤보았다. 할머니는
바깥일을 하시고 야채도 기르셨다. 남의 도움이 없
이 항상 자신의 몸을 깨끗하게 단정히 하고 청소도
하셨다. 친구들이나 가족이 집에 자주 놀러 오고 대
화를 즐기셨다. 얼마 전까지는 취미로 그림도 자주
그리셨다. 깨끗하게 차려입고 바깥 외출도 자주 하

셨다. 의사들은 도시의 병원 침실에서 버티며 장수하지 않고 건강하고 행복하게 장수하려면 할머니처럼 살아야 한다며 서로 고개를 끄덕거렸다.

할머니가 이 칠성마을을 떠나지 않는 데는 다 이유가 있었다. 자식들이 서로 모시고 간다고 해도 끝까지 칠성마을을 지키고 계신다. 할머니의 남편은 지금 할머니가 사시는 집에서 돌아가셨다. 돌아가시는 날에 할아버지는 밥그릇을 깨끗하게 비우시고 후식으로 과일까지 드신 후에 안방에 들어가셨다. 집에서 할머니와 막내아들이 지켜보는 중에 눈을 감으셨다. 조용히 세상을 떠나시려는 할아버지의 마지막을 할머니와 막내아들이 지켰다.

할아버지는 그날 평상시와는 조금 달랐다고 했다. 평상시 눕던 방향과 반대로 누우셨고 눈에는 검은자보다 흰자가 더 많았다. 할아버지가 누운 곳 주변은

고요한 적막이 감돌고 있었다. 세상에 미련이 남아 끝내 눈을 감지 않고 계시는 할아버지에게 할머니는 말했다.

"영감 눈 감고 가게."

할아버지는 그 말을 듣고 난 후에도 흰자가 덮인 눈으로 계속 허공을 응시했다. 할머니는 막내아들에게 아버지의 눈을 감겨드리라고 했다. 막내아들의 손이 할아버지의 눈에 닿자 그제서야 할아버지는 눈을 감았다.

막내아들은 17살 생일에 아버지에게 받은 선물을 지금도 잊지 못한다. 17살 생일날 할아버지는 막내아들을 읍내에 데리고 가서 자기 몸부다 더 큰 생일 선물을 주었다. 바로 경운기 한 대를 사준 것. 생일 선물로 경운기를 주며 아들에게 이렇게 말했다고 한다.

"막내야. 이제 논농사 니가 해라."

막내아들은 17살이었다. 기력이 떨어진 아버지를 대신해서 농사를 지었다. 농번기에는 바빠서 학교도 많이 빠졌지만 가정 사정을 안 배려심 깊은 선생님 덕분에 3년 개근상을 받고 졸업을 했단다.

막내아들은 고등학교에 다니는 동안 친구들에게 이런 소리를 들었다.

"야, 니는 학생이가? 농부가?"

그런 친구들도 학교를 마치면 저녁에 막내아들을 찾아와서 벼 타작을 도와주었다. 막내아들은 대학도 농업 대학으로 진학해 집의 농사일을 도왔다.

할머니의 둘째 딸은 작고하신 할아버지를 다음과

같이 기억했다. 추운 날이면 항상 자전거에 무명 이
불을 싣고 딸을 데리러 오는 아버지.

아버지는 "우리 이쁜 이수 어디 있니?", "우리 착
한 이수 어디 있니?" 하면서 딸을 찾았다. 딸을 자전
거 뒷자리에 태우고 혹여나 오는 길에 추울까 봐 무
명 이불로 꽁꽁 매어 싸서 데려왔다. 학교를 졸업하
고 직장을 다닐 때였다. 퇴근길에 비라도 오면 할아
버지는 딸을 마중 나왔다. 마중 나오는 길에는 항상
새 신발을 하나 가지고 나왔다. 딸을 보자마자 젖은
신발을 마른 신발로 갈아 신게 하고 자신은 딸의 젖
은 신발을 가슴에 품고 같이 돌아온 아버지. 지금도
둘째 딸의 친구들은 둘째 딸을 '이쁜 이수', '착한 이
수'라고 부른다. 둘째 딸은 자신의 이름이 불릴 때마
다 아버지를 추억했다.

할머니와 할아버지는 6명의 자식을 두었다. 자식

셋은 서울에, 둘은 구미에 하나는 대전에서 살아간다. 자식들은 서로 할머니를 모셔가겠다고 난리지만 할머니는 한사코 거부하신다. 할아버지가 돌아가시기 전에 할머니에게 말했다.

"자식이 누가 모신다고 해도 가지 말게. 내가 간 후에도 여기 떠나지 말고 할마이 혼자 여기를 지켜 주게."

할머니는 얼마 전 냄비에 물을 끓이려다가 넘어져서 고관절 수술을 받았다. 96살이라는 숫자만 보고 수술이 어렵다는 의사의 말이 무색하게 또 수술은 성공적이었고 할머니는 젊은 사람들도 놀랄 정도의 속도로 회복했다. 6명의 자식들과 그 자식들의 자식들, 또 그 자식들의 자식들은 수시로 전화를 걸어 할머니의 안부를 물었다.

명절날 가족 전체가 노래방에 간 일이 있었다. 가족들이 열심히 놀고 난 후 할머니는 계산을 하시며 이렇게 말했다.

"나는 내 자식들이 이렇게 못 놀 줄 몰랐다. 나는 옛날에 장구를 한 번 맸다 하면 하루 24시간 연속해서 놀지 않고는 장구 안 내려놨다."

동네 사람들은 160㎝가 넘는 키에 하얀 한복을 갖춰 입고 잘록한 허리에 장구를 메고 있던 할머니를 기억한다. 동네 아주머니들과 아이들은 장구를 치며 노는 할머니를 따라다닌 기억을 가지고 있었다.

할머니 둘째 딸의 가방이며 옷의 디자인이 독특했다. 어디에서 구했냐고 물어보니 직접 옷이며 가방을 만든다고 하셨다. 그러면서 이렇게 말씀하셨다.

고복선 할머니 가족과 야외 바베큐 파티

"이게 다 우리 엄마 덕분이에요. 우리 엄마는 시대 만 잘 만났으면 예술을 하셨을 분이에요. 손재주가 얼마나 좋으신지."

할머니는 옛날에 낮에는 농사를 돕고 밤에는 홀치 기 일을 했다. 당시에는 농촌 사람들이 부업으로 옷 의 원단에 실을 묶어서 염색하는 작업을 해서 일본에

수출하는 일을 했는데 할머니의 손재주가 소문이 나서 주문이 몰려들었단다.

"할머니의 손 정말 크신데요? 거의 남자인 내 손만 하네요."

일을 많이 해서 그렇단다.

지금 대한민국에서 자란 아이들은 어릴 적 추억이 적다. 도시에서 자란 사람들은 어릴 적 추억이 많이 없다. 둘째 딸의 친구들은 시골에서 자란 둘째 딸을 부러워한다.

"넌 엄마도 있어, 형제도 많아, 고향도 있어. 정말 부러워."

고복선 할머니의 집 뒷마당에는 100년 된 모과나

무가 있다. 30년 전에 누가 와서 30만 원을 줄 테니 팔라고 했으나 할머니는 한사코 팔지 않았다. 모과나무는 고복선 할머니와 평생을 함께했다. 올해도 그 모과나무에서 열리는 모과는 자식들부터 증손자까지 입을 즐겁게 해줄 것이다.

한국에서 가장 유명한 사람은 문재인, 북한에서는 김정은, 미국에서는 도널드 트럼프다. 마을의 최고령자를 만난 후에는 칠성마을에서 가장 지위가 높은 사람을 만나야겠다는 생각이 들었다. 이장님을 찾아가는 길에, 이장보다 높은 단북면 면장이 이 마을에 있다는 소식을 들었다. 내가 이 마을에 들어오기 바로 전날 명예퇴직을 하긴 하셨지만 마을이 속해 있는 단북면의 면장님을 먼저 찾아갔다.

면장 강병필 씨, 김광자 씨 부부

"면장이 된 것도 다 당신 덕이야. 혼자서는 내가 어떻게 이 자리까지 올라올 수 있었겠어?"

내가 칠성마을로 오기 바로 하루 전 단북면 면장으로 퇴임하신 강병필 면장님은 부인에게 항상 이렇게 말했단다. 김광자 씨는 항상 이렇게 말해주는 남편이 고맙다.

"이 사람이 모르는 게 아니구나. 알아주는구나."
김광자 씨는 항상 고마움을 표현하는 남편이 또 고맙단다.

강병필 씨와 김광자 씨는 저녁에 자주 마을을 산책했다. 오렌지빛으로 저물어가는 시골의 저녁노을을 배경으로 두 손을 꼭 집고 마을 주변을 산책하는 노부부의 모습은 정말 눈부시게 아름다웠다.

"처음에는 우리도 손잡고 다니지 않았어요. 어디 부끄럽게. 또 경상도 남자들이 얼마나 무뚝뚝해요. 집에서 세 마디밖에 안 한다는 사람들이 경상도 남자들인데. 요즘 젊은 사람들은 몰라도 밖에서 손잡고 다니는 게 경상도 스타일은 아니죠."

이런 강병필, 김광자 씨의 손을 맞잡게 해준 것은 둘째 아들 강지만 씨였다. 둘째 아들이 엄마 손을 슬그머니 이끌고 아버지의 손으로 갖다 댔다. 처음에는 어색했던 일도 하루 이틀 계속되고 보니 자연스럽게 손을 잡게 되었다.

"우리는 매일 대화해요. 남편이 얼마나 말이 많은데."

놀라웠다. 내가 본 강 면장님의 모습은 무뚝뚝함 그 자체였다. 마을 사람들이 팔각정에 모여서 수다

꽃을 피울 때도 가끔 허허허 하고 웃으시는 것이 전부였다. 무뚝뚝한 마을 할아버지들이 가끔 얼큰하게 취해서 쇼를 부리지만 강 면장님은 그런 모습도 한 번도 보여주시지 않았다. 술 자체를 입에 대지 않으셨다. 그런데 말이 많다고?

"남편이 얼마나 말이 많은데. 우리는 시시콜콜한 이야기를 다 해요. 종교가 같으니 항상 같은 방향을 바라봐요. 그래서 말이 잘 통하죠."

김광자 씨의 남편 자랑은 이어졌다.

"사람이 참 건실해요. 남편은 중학교를 못 마쳤어요. 삼성중학교 1학년을 다니다가 가정 형편 때문에 중퇴했죠. 그린데 공부를 계속했어요. 중, 고등학교를 검정고시로 마치더니 공무원으로 일하기 시작했죠. 낮에는 면사무소에서 일을 하고 밤에는 공부를 하면서 야간 대학교도 졸업했어요. 1학년 때는 얼마나 열심히 했는지 전액 장학금도 받으면서 다니더라고요. 근데 계속 체력이 떨어져. 2학년 때는 반액을 받더니, 3, 4학년 때는 체력이 완전 다 떨어졌는지 돈 내고 다니더라고요. 아이들도 계속 공부하면서 성실히 살아가는 게 아빠를 닮아서 그런가 봐요." 김광자 씨는 이렇게 말하며 웃으셨다.

너무 사이좋은 가족의 모습에 칭찬 릴레이가 이어져 나는 짓궂은 질문을 던져 보았다.

"부부끼리 서로 의견 대립을 하거나 싸울 때는 없나요?"

"살다 보면 의견 대립이 왜 없겠어요. 우리는 서로 섭섭한 게 있으면 당장 이야기하지는 않아요. 감정이 올라오면 일단 참고 나중에 그 감정이 가라앉으면 대화를 시도해요. 섭섭한 것도 좀 시간이 지나서 이야기해요. 그러면 상대가 그랬었니? 앞으로 내가 잘할게. 이렇게 반응해요. 서로 감정적으로 목소리를 높이고 싸우고 그러지는 않아요. 세상에 완벽한 사람이 어디 있겠어요? 우리도 서로 부딪힐 때가 있죠. 그럴 때 저는 먼저 남편 의사를 따라 주려고 해요. 정 안 되겠다 싶으면 나중에 남편에게 잘못된 거 아니냐? 이렇게 말을 걸어요. 그러면 남편도 인정하고 바꾸려고 노력해요. 왜? 서로 아무렇지 않게 던진 말이 상처로 다가올 때가 있잖아요. 그럴 때도 대화로 풀려고 해요. 이제는 서로 부족한 부분이나 허물을 끄집어내려고 하지 않고, 저 사람은 저게 부족하구나 하고 케어해주려고 해요. 사람은 감정을 배제하고 진실로 이야기하면 다 통하게 되어 있어요.

아니, 마을에 면장이 또 한 사람 있다는 소문을 들었다. 몇십 년 전 면장을 하고 지금은 은둔해 계시는 분이 칠성마을에 살고 있다는 소리를 듣고 나는 또 인사를 하러 갔다.

이동인, 김종열 부부

예전에 면장으로 정년퇴임 하시고 집에서 소일거리를 하는 이동인 할아버지는 한시를 쓰는 것이 취미였다. 이동인 할아버지의 한시집을 가져온 나는 「부

이동인,김종열 부부

모은공」이라든가 「몽유가」 등 익숙한 한시의 제목을 발견했다.

「부모은공」은 경상북도 의성군 비안면 이두리에 거주하는 김계수 씨의 낭송 가사로 2000년 의성 문화원에서 발행한 『의성의 민요』 495쪽에 악보가 수록된 기발표 가사였다. 하지만 내용은 서로 사뭇 달랐다. 네 자 음률에 백발이 무성한 할아버지의 인생의 흐름에 대한 빛나는 식견이 드러나 있었다. 그리고 자식을 기르면서 힘든 점과 좋은 점을 생각하며 부모의 은공을 기리는 사랑이 잘 드러나 있었다. 요즘 '무자식이 상팔자다.'라는 기치 아래 세계 저출산율 1위를 향해 달려가는 것이 한국의 세태인지라 자식을 기르며 힘들어하는 사람들에게 일독을 권하고 싶었다.

그 외에도 할아버지가 직접 지은 「몽유가」가 42페이지에 걸쳐 실려 있었다. 「몽유가」는 경상북도 의성군 안사면 월소1리에서 전해오는 가사로 중국의 악양루를 시작으로 등왕각, 황학루 등을 오르고 중국에서 한국으로 건너와 명승지를 모두 유람하고 돌아오는 것이 주된 내용이었다. 김동희가 소장하고 있는 작품으로 2000년 의성 문화원에서 발행한 『의성의 민요』 669~678쪽에 악보가 수록되어 있어 살펴보았으나 할아버지의 「몽유가」와는 달랐다. 42페이지에 걸치는 장대한 서사시인 이동인 할아버지의 「몽유가」를 보실 분들은 경상북도 의성군 칠성마을의 이동인 할아버지를 찾아가기를 바란다. 한시에 대한 할아버지의 열정을 맛볼 수 있는 것은 물론 할머니의 맛있는 음식도 덤으로 맛볼 수 있을 것이다.

내가 이동인 할아버지의 한시를 발견한 계기는 이동인 할아버지의 반려자 김종열 할머니 덕분이었다. 매일 출근할 직업도 없고 할아버지 할머니들과 마을 정자에 모여서 탱자탱자 노는 게 하루의 일과인 나에게 김종열 할머니가 접근했다. 나는 뭔가 맛있는 것을 주려나 하고 기대했는데 할머니는 내가 글을 쓴다는 사실을 알고 할아버지의 글을 보여 주고 싶다고 했다. 정작 내 글에는 별로 관심이 없고 다른 사람들의 글에는 무지막지한 관심을 가진 나는 당장에 할아버지의 노트를 빌렸다. 이동인 할아버지의 한시가 자그마치 노트 두 권에 정리되어 있었다. 나는 더운 날씨에 요구르트 하나를 얻어 마신 후 냉큼 시집 두 권을 대여해서 집으로 돌아왔다. 집 베란다에서 옛 정취를 살리기 위해 유튜브에서 춘향가를 크게 틀어 놓고 할아버지의 한시를 읽고 있는데 갑자기 꾸불꾸불 필체가 색다른 시가 하나 등장했다. 「시집살이」라는 시였다. 궁금함을 견딜 수 없었던 나는 다시 김종열 할머니 댁을 찾았고 이번에는 요구르트를 마시며 담수를 나누기도 전에 팩트체그에 들어있다.

"할머니 이 시는 필체가 다른데 어떻게 된 일이죠?"

할머니는 우물쭈물 대답을 피해 가셨다.

궁금한 것은 참지 못하는 나는 요리조리 즉답을 피해 가는 할머니를 추궁했다. 나의 계속되는 질문에 할머니는 솔직히 대답해 주었다.

동네에서 다른 할머니들과 수다 떠는 것 외에 할머니의 취미는 자신이 존경하는 할아버지의 한시를 읽는 일이었다. 까막눈이었던 할머니는 읍내 한글교실에서 한글을 익혔고 할아버지의 한시를 읽는 낙으로 소일거리를 하고 있었다. 그러던 중에 할머니가 든 생각은 "이 씨, 나라고 못 쓸 게 뭐냐."라는 생각이었다. 할머니는 단숨에 일필휘지로 한시를 써나갔다고 했다.

개집살이 같은 시집살이와 지나간 젊음에 대한 시였다. 나는 '오마이갓, 이 할머니 찐 힙한데? 금목걸이 큰 거 하나만 둘러주면 래퍼 해도 되겠다.'라는 생각을 했다. 시골 마을에서 여성으로 살아가는 어려움을 노래로 풀어내는 풍류의 DNA를 가진 할머니와의 인터뷰는 두 사람의 러브스토리로 이어졌다.

50년이 넘게 '살아남음'이라는 어려움을 같이 이겨낸 김종열 할머니와 이동인 할아버지의 시집살이 러브스토리는 영화를 뺨치게 했다. 김종열 할머니는 20살에 다른 마을에서 칠성마을로 시집을 왔다. 혼례식을 마치고 첫날밤을 치르려 하는데 경찰들이 들이닥쳤다. 이동인 할아버지는 경찰을 보더니 바로 뒷문으로 도망을 쳤다. 할아버지는 대구에서 고등학교에 다니느라 군 기피자가 되어 있었다. 첫날밤 뒷문으로 도망친 할아버지는 그 길로 사라져 5년 후에야 돌아왔다. 결국 잡혀서 군대를 마치고 온 것이었다. 첫날밤에 국기에 남편을 뺏겨버린 할머니는 남편도 없이 시집살이를 시작했다.

할머니의 시집은 시어머니 시아버지 위에 시할머니까지 있었다. 시집살이가 시작된 것이었다. 당시 경북의 관습으로는 1년 시집살이 후에 1년 친정집에 가서 쉬었다 오는 풍습이 있었다. 1년의 시집살이가 지나도 김종열 할머니의 친정집에서는 언제 오라는 연락이 없었다. 당시에는 전화도 없고 교통수단이 없어서 친정집에 연락할 수단이 없었다. 김종열 할머니의 옆집에는 같은 마을에서 시집온 최순분 씨가 계셨다. 김종열 할머니는 최순분 씨가 친정집에 쉬러 갈 때 자신의 친정집에 연락을 좀 해달라고 부탁을 했다. 그래서 김종열 할머니도 떡을 해서 드디어 꿈에 그리던 친정에 돌아갈 수 있었다. 1년을 푹 쉬고 떡을 해서 돌아왔는데 시할머니에게 욕을 먹었다. 시어른들 옷을 해 와야 하는데 깜빡했던 것이었다. 이렇게 남편 없이 우여곡절 시집 생활을 하는 동안 5년의 세월이 흘렀고 드디어 기다리던 남편이 돌아왔다.

남편이 제대한 이후에도 고생은 끝나지 않았다. 부부는 대구에 일자리를 구하러 떠나서 1년 동안 살았다. 주위 사람들이 연탄을 땔 때 김종열 씨 내외만 장작을 패서 땠다. 먹을 밥이 없어서 콩나물을 키워 먹을 때도 부지기수였다. 주인집 아줌마가 방세라는 것을 달라면서 독촉하기 시작했다. 아직 어려 세상물정을 몰랐던 김종열 씨는 남편에게 방세가 뭐냐고 물었다. 그날 밤 남편은 큰 보자기를 하나 들고 나타났다. 이동인 씨는 부인에게 냄비며 그릇을 다 넣으라고 했다.

'아, 이 사람이 집안의 물건들을 팔아서 주인집 아주머니에게 사례를 하려고 하나?' 김종열 씨는 생각했다.

두 사람이 가지고 있던 물건들은 한 보자기면 충분했다. 이동인 씨는 부인을 향해 말했다.

"다 챙겼어? 그럼 빨리 튀자."

달밤에 허겁지겁 이동인 씨를 따라가니 화장품 장사를 하는 자기 동생 집이었다. 이동인 씨는 가진 돈 모두를 털어 김종열 씨에게 기성복을 한 벌 사주었다. 둘은 싹 빼입고 다시 칠성마을로 돌아왔다. 마을에 돌아온 이동인 씨는 피 터지게 공부를 했다. 당시 면장이 성실한 이동인 씨를 면사무소에서 임시직으로 일하게 해주었다. 퇴근 후에 새벽 2, 3시까지 공부해서 정식 임용이 되었다.

"내가 이 사람 퇴근해서 공부할 때 뒷바라지를 해줬어야 했는데. 나는 이 양반이 새벽까지 공부한다는 것도 모르고 세상 모르고 잠만 잤지 뭐야." 김종열 씨는 옆에 앉은 이동인 씨를 존경의 눈빛으로 올려다보았다.

엮여 있는 마을 사람들

시골에 사는 사람들은 건강하게 오래 산다. 2018 년 WHO의 통계에 따르면 대한민국의 평균 수명은 세계 3위로 남자 80.5세, 여자 85.74세나 된다. 실제로 칠성마을에서는 80이 넘은 사람들이 일도 하고 오토바이에 할머니들까지 태우고 왔다 갔다 하니 이 사실을 체감할 수 있었다.

도시에 사는 사람들도 오래 산다. 하지만 건강하지 않게 병원에서 오래 산다. 골골거리면서 연명한다. 시골에서는 70대 할아버지가 벼농사를 짓고 90세 할머니가 밭을 맨다. 60대? 시골에선 청년이다. 한창 힘을 쓸 때다. 나는 시골에서 사는 사람들이 건강한 원인을 이런 육체적 노동과 함께 사람과 사람의 관계라고 보고 있다. 도시에서는 사람과 다른 사람 사이의 관계가 단절되어 있다. 옆집에 사는 사람이 누군지 모른다거나 위층 사람은 층간 소음을 일으키는 나쁜 놈, 아래층 사람은 담배 연기를 올려보내는 죽일 놈이 된다. 만날 기회가 없으니까 대화를 나눌 수가 없다. 대화가 없으니까 오해가 생긴다. 보려고 하지 않으니까 대화를 나눌 기회도 없다. 같은 공간에서 살아가지만 대화를 나누지 않으니까 오해가 쌓여서 증오가 되는 것이다.

시골에서는 이웃끼리 피하려고 해도 피할 수가 없다. 일단 집 구조부터가 열려있고, 하는 일도 같고, 일터가 근처다. 왔다 갔다 하면서 주변에 사는 사람들을 보지 않을 수가 없다. 나는 10분 정도 떨어진

모여 있는 마을 주민들

마트에 가는 길에 최소한 10명의 마을 주민들을 만났다. 집을 나가자마자 이웃들을 만났고 논길을 걸어가는 도중에 할아버지들을 만났고 밭길을 돌아다니는 도중에 할머니들을 만났다. 마트에서도, 장을 보는 주민들을 만나고 오는 길에도 전동기를 타고 천천히, 내 걸음과 거의 같은 속도로 질주하는 할머니들을 만났다.

칠성마을에는 만났다 하면 말싸움을 하는 친구들이 있었다. 거의 매일 싸웠다. 하지만 항상 옆에 붙어 다녔다. 일하는 논과 밭이 근처이기 때문이었다. 밥을 먹으러 가도 옆에 앉고, 팔각정에 앉을 때도 항상 옆에 앉았다. 이런 단짝들이 넘쳤다. 시골에서는 이렇게 한 사람 한 사람이 다 이어져 있었다. 나는 이 사람들의 이어짐에 주목했다.

이정태, 임순복 부부

임순복 씨는 현 칠성마을 이장님 때문에 이 마을로 이사를 왔다.

"전기료 밀리지 않고 사는 게 이 마을 오고부터예요."

임순복 씨는 말했다. 지금도 여유가 있게 사는 건 아니지만 돈에 쫓겨서 힘들게 살지는 않는다고. 임순복 씨가 이렇게 힘든 시간을 보냈던 건 진부하지만 옛날 많은 시골 남성들을 홀린 놀음이라는 괴물 때문이었다.

임순복 씨가 처음부터 이정태 씨와 결혼 생각이 있었던 것은 아니었다. 아니, 이정태 씨와 결혼하지 않기 위해서 도망치고, 또 도망쳤다. 이성태 씨를 만난 계기는 그놈의 찜닭 때문이었다. 당시 빼어난 미모를 자랑하던 임순복 씨는 의성군 단북면에 있는 공장에 다니고 있었는데 공장에 출퇴근하던 임순복 씨의 미모에 이정태 씨가 반해버렸던 것. 이정태 씨는 당시에 기술을 배워 철공소에서 일하고 있었고, 당시에 벤츠와 같았던 125cc 오토바이까지 타고 다녔다. 이정태 씨는 임순복 씨에게 찜닭을 한번 사고 싶다고 말했고, 임순복 씨는 친구들과 함께 이정태 씨를 만나 찜닭을 먹었다. 찜닭을 다 먹자 이정태 씨는 임순복 씨에게 데려다줄 테니 오토바이 뒤에 타라고 했고, 임순복 씨는 좀 미안한 마음에 오토바이 뒷자리에 올랐다. 인연은 이렇게 시작됐다.

임순복 씨는 이제 나이가 스물일곱이나 됐고 안 되겠다 싶어서 결국 이정태 씨와 결혼식을 올렸다. 그해에 아이를 낳고 그 아이는 벌써 30대 중반이 되어 임순복 씨와 이정태 씨를 떼려야 뗄 수 없는 관계로 묶어버렸다. 아이와 함께 세 식구가 행복할 것만 같았던 결혼 생활에 괴물이 찾아왔다. 남편의 도박이 시작되었다. 이정태 씨는 번 돈을 다 갖다 바치는 것은 물론 빚까지 내 놀음판을 찾아갔다.

임순복 씨는 아직도 그날의 기억이 생생하다. 당시 임순복 씨는 농악회장을 하고 있었다. 보름날 집에 면장님을 비롯해 마을 사람을 다 불러 잔치를 벌였다. 한창 윷판이 벌어지던 참이었다. 그때 두 남자가 집으로 찾아와서 차, 침대, 옷장 할 것 없이 압류 딱지를 붙였다. 눈앞이 캄캄해졌다. 동네 사람들이 다 보는 앞이어서 부끄럽기도 했다.

"진짜 집에 있는 온갖 물건에 다 딱지를 붙였어요. 근데 그 압류 딱지라는 게 대충 붙였는지 포스트잇 같이 잘 떨어지더라고요. 내가 몇 번 손으로 눌러서 다시 붙여 보려다가 신경질도 나고 해서 내가 다 떼 버렸지."

임순복 씨는 말했다.

"사람은 큰일을 겪고 나면 마음도 같이 커져서 다음에 큰일이 닥쳐도 쉽게 헤쳐나갈 수 있어요. 저는 오늘만 같았으면 좋겠다는 마음으로 삽니다. 내일은 어떻게 될지 모르잖아요. 그냥 오늘을 최대한 즐기면서 행복하게 사는 거죠."

지금은 아르바이트하고 돌아오는 아내에게 고맙다는 말을 건네는 이정태 씨. 남편은 동네 사람들에게 이렇게 말하고 다닌단다.

"나도 이제 다 알아요. 아내가 고마운 사람이란 거 나도 다 알아요."

동네 사람들도 임순복 씨에게 고맙다고 한다. 보통 사람 같으면 벌써 도망을 갔을 거라고. 힘들어도 오랜 세월 동안 같이 살아줘서, 힘들어도 마을을 지키며, 아이를 키우면서 살아 줘서.

임순복 씨가 지금까지 열심히 살고 있는 이유는 이장님 때문이었다. 이정태 씨의 친척 형이었던 이장님이 놀음을 하는 이정태 씨를 보다 못해 칠성마을로 들어오게 하셨던 것. 이번에는 이장님은 어떻게 살아가고 있는지 이장님의 인생으로 들어가 보려고 한다.

다음으로는 임순복 씨를 칠성마을로 오게 해 행복을 찾아준 이장님 이영희 씨와 부인 황정옥 씨의 이야기이다.

이영희, 황정옥 씨 부부

칠성마을의 이장님은 거의 뉴스 앵커 수준으로 방

이영휘 이장

송을 하신다. 칠성마을에 처음 온 8월 새벽 5시쯤이
었나? 갑자기 방송이 울렸다. 군대에서 기상 방송에
치를 떨었던 내 몸부터 반응했다. 벌떡 일어나서 뭔
가 부산하게 움직이는 척을 하고 있는데 이장님의 목
소리가 온 마을에 퍼졌다. 어떻게 그렇게 침착하게
방송을 잘 하시냐는 내 질문에,

"무대 경험이 있어서 그렇지. 내가 큰 무대에서 연설을 해본 사람 아니냐."라는 대답이 돌아왔다.

이영휘 이장

칠성마을 이장님은 광화문과 프레스 센터에도 진출한 바 있고 서울역에서 사람들을 모아놓고 연설을 한 경험이 있었다. 낙단보 의성군 대책위원장을 지내며 낙단보의 수문 철거를 결사적으로 막은 것. 낙단보는 4대강 사업에서 만든 인근 저수 및 발전 시설이다.

"낙단보가 완공되고 난 이후부터 우리 마을에 물 걱정이 없어졌어. 예전에는 가뭄만 오면 흉년이 지고, 큰비만 오면 1년 동안 애써 키운 벼가 다 잠기고

낙단보

농사 못 지었지."

이장님은 칠성마을의 대표자답게 낙단보 지키기 투사로 활동하고 있었다. MBC 방송에서 저수 시설 해체 이야기가 나오자마자 바로 방송국에 항의 전화까지 넣었다.

이장님의 부인 황정옥 씨는 세상의 다른 부인들과 마찬가지로 쓸데없는 짓 하지 말고 농사나 잘 지으라고 핀잔을 줬다.

"직책을 맡았으니 해야 해."

칠성마을 이장님도 남들과 싸우는 일이 편하지만은 않았다. 이장 자리와 낙단보 의성군 대책위원장 자리를 맡지 않았으면 용기를 내기 힘들었을 거라고 고백했다. 하지만 자리를 맡은 이상 마을 주민들을 대신해 싸워나가고 있었다.

"우리가 데모를 해봐야 알지. 처음에 우리가 데모하는 게 어설펐는지 전문적인 데모꾼들이 연락을 해왔더리고. 돈을 좀 주면 데모하는 걸 도와주겠다고."

돈을 주었느냐는 질문에 한 푼도 안 줬다고 했다.

어디에서 지원을 받는 것도 아니고 십시일반으로 마을당 10만 원씩 걷어서 반대하는데 그럴 돈이 어디 있느냐고 하셨다. 서울 프레스 센터에서 항의 모임을 할 때 1만 8천 원이나 내고 국수도 사 먹으며 투쟁했다. 결국 의성 마을들과 상주시가 힘을 합쳐 낙단보를 지켜냈다.

이장님의 투쟁은 끝나지 않았다.

신문에 나온 이영휘 이장

끝이 날 것 같던 이장님의 투쟁은 아직 끝날 것 같지 않다. 마을 바로 앞에 대규모 축사 시설이 들어온다는 비보가 날아들었다. 벌써부터 대규모의 자본을 들여서 몇천 마리의 소를 사육할 시설이 들어서고 있었다. 군에서 축사 시설 허가

받는 건 어렵지 않아 벌써 행정적인 절차는 다 끝났
다고 했다.

"집에서 한두 마리 키우는 건 괜찮지. 저렇게 대규
모로 소를 키우면 마을에 똥 냄새나서 못살아. 소들
이 들어와 살면 우리가 다 나가야 해. 지금까지 우리
마을은 청정 마을로 유명했는데 이제 똥 마을 되게
생겼어."

데모를 해야 한다며 전열을 가다듬는 이장님. 데모
는 올해 추석을 전후로 한판 벌일 예정이었다. 임시
칠성마을 주민이지만 칠성마을에 사는 이상 나도 데
모에 나가야 한다고 해 얼떨결에 승낙하고 말았다.
이장님의 싸움은 끝나지 않았다.

칠성마을의 투사 이장님에게도 행복한 시간은 있
었다. 저녁에 마을 입구에 있는 팔각정에 동네 사람

들과 모여서 수다를 떠는 시간이 하루 중 제일 행복한 시간이란다.

"여기 이렇게 매일 모여서 노는 게 얼마나 좋은지 몰라. 여기 이렇게 젊은 사람들도 나와서 놀아주고."

옆에 앉은 젊은 사람이 "젊기는 뭐가 젊어."라고 대들었다. 이장님은 "60이면 젊지."라고 받아쳤다. 맞다. 경북의 시골에서는 60대가 한창 일을 하는 청년이었다. 마룻바닥을 닦고 술이 떨어지면 얼른 뛰어가서 술을 사왔다. 이장님은 마을의 인물이라며 다음 사람을 지목하셨다. 60이 훨씬 넘는 나이에도 아직 미모가 대단하셨다. 바로 의성군 체육회장님 부부였다.

의성군 체육회장님 부부

젊었을 적 체육회장님 부인은 남편 때문에 속을 많이 썩였다. 술만 먹으면 사고도 많이 치고, 자주 집을 못 찾아오는 지경이었다. 한번은 체육회장님이 술을 많이 먹고 집으로 왔다. 그런데 집으로 온 남편이 보이지 않자 부인이 남편을 찾아 집안을 뒤졌다. 남편은 소 마구간에서 큰대자로 누워서 자고 있었다. 집으로 온 체육회장님은 부인보다 소를 먼저 찾았다. 당시에는 소가 귀해서 옷까지 입혀 주었던 시기였다. 술을 먹어도 소가 잘 지내는지 보려다가 옆에서 같이 잠이 든 것.

밖으로 나다니는 것 좋아하고 술 좋아하는 체육회장님이지만 부인은 남편 이야기가 나오자 자랑이 늘어졌다.

"저 사람은 항상 공부하는 사람이야." 존경의 눈빛이 나왔다.

체육회장 댁

젊었을 적 체육회장님이 논 사건들을 열거한 후에 오프더레코드라며 이야기를 마무리했다.

"젊어서 마음고생을 많이 해서인지 지금은 마음이 넓어졌어. 다른 사람들 이혼한다고 난리 치면 내가 해주는 이야기가 있어. 남자는 시간이 지나면 다 가정에 충실해진다고."

체육회장님은 45살 정도가 지나자 가정을 챙기기 시작했다고 한다. 젊었던 시절의 호기를 후회하며 아내 등을 두드리며 미안하다고 했다는 것. 우리가 이렇게 이야기하고 있는 사이에 체육회장님이 나타났다.

"아이고, 또 무슨 얘기하고 있노?"

체육회장님 부인은 체육회장님이 나타나자 어느새

새침데기 여자로 돌아가 있었다. 남편에 대한 애정은 숨긴 채 자신의 개만 쓰다듬었다.

"이놈의 여편네는 나보다 개를 더 챙긴다." 체육회장님이 투덜거렸다.

"당신이 쿵이(개 이름)만큼 귀여워?"

"개는 똥까지 다 닦아주면서 나는 왜 안 챙겨?" 체육회장님은 툴툴거렸다.

체육회장님의 휴대폰 화면은 부인의 사진으로 장식되어 있었다. 하루에도 수백 번 부인의 얼굴을 마주했다. 보고 또 보고 싶은 것일까.

이광형 씨 부부

체육회장님 부인은 다음에 만나볼 대상으로 칠성마을 리더십의 전형, 이광형 씨를 지목했다. 이광형 씨는 지금의 예쁜 칠성마을의 기초를 닦은 예전 이장님이었다. 이광형 씨는 인생을 평범하게 살았다며 평범함을 강조했지만 칠성마을에 대한 이야기가 나오자 눈이 반짝거렸다. 2001년부터 2009년까지 9년이나 칠성마을의 이장을 맡았다. 2년 임기인 이장직을 4번이나 연임한 후에 직을 내려놓았다. 칠성마을에서 태어나 평생을 살아온 자기 마을을 위해서 남은 인생을 바치기로 결심하고 이장직을 수행했기에 아쉬움도 컸다.

이광형 씨가 이장직을 맡을 당시 칠성마을은 〈살기 좋은 마을〉로 선정되어 환경 개선 사업을 해 지금의 예쁜 마을로 거듭났다. 지금 칠성마을의 중심에 위치하고 있는 찜질방도 이광형 씨가 경상북도 기술원에 신청해 만든 것이었다. 할머니들의 놀이터가 된 잘 꾸며진 마을 공원도 이광형 씨가 추진했다. 마을 안의 포장도로도 이광형 씨가 나섰다. 지금 단북면의 복지 회관과 쉼터도 단북면 발전 회장을 겸직한 이광형 씨가 추진했다.

"우리 마을은 청년회와 부녀회가 중심이 되어 동네 어르신들을 모시고 1년에 한 번씩 여행을 떠나."

칠성마을은 유난히 마을 행사가 많았다. 마을 행사가 있는 날에는 꽃단장하고 전기 전동차를 탄 할머니들이 대거 참여했다. 이 전기 전동차에 타본 나는 놀라운 사실을 발견했는데, 속도를 극대화할 수 있는 터보 모드가 있다는 사실이었다. 거북이 그림과 토끼 그림이 있었는데, 토끼 그림으로 손잡이를 돌리면 터보 모드가 시행되어 빠른 질주를 하게 되어 있었다.

모여드는 할머니들

전기전동차 토끼모드

동네 전체 인원이 버스를 타고 맛있는 것도 먹으러 가고 여행도 떠났다. 내가 4개월간 머물러 있는 동안 벌써 다섯 번 넘게 마을 행사에 참석했다.

청년회장님 부녀회장님 부부

이광형 씨는 자기 인생에서 가장 중요한 사람으로 청년회장님을 지목했다. 청년회장님은 마을 사람들 사이에서 인망이 대단했다. 칠성마을의 청년회장님은 칠성마을 부녀회장님과 부부 사이였다.

"우리 집사람 만나서 인간 됐지. 그전에는⋯⋯?"
청년회장님은 머리를 긁적이며 말했다.

결혼할 때도 우여곡절이 많았단다. 인터뷰가 시작되자 주변에서 결혼하기 싫어했던 남자라며 놀리는 소리가 들렸다. 몇몇 사람들은 부녀회장님이 한 살이 많아서 결혼이 늦춰졌던 거냐고 물었다.

"내가 결혼하기 싫어했던 게 아니고 그때 다른 마을의 여자를 임신시켜가지고."

어이쿠. 갑자기 폭탄 발언이 튀어나왔다. 칠성마을 청년회장님은 선도 안 보고 옆 마을에 있는 여인을 임신시켜 버렸단다. 어린 마음에 겁이 나 덜컥 소 두 마리를 판 돈을 가지고 집을 나왔다. 소 한 마리를 팔아 자식 대학을 보내던 때에 소 두 마리면 엄청난 돈이었기 때문에 뭘 했느냐고 물었다.

"두 달 쓰니까 없던데?"

벌써 60을 넘긴 청년회장님은 부산을 거쳐 제주도에서도 한 달이나 살았다. 시대를 앞서가신 칠성마을 청년회장님. 그 옛날에 제주도 한 달 살이를 하다니. 그것도 소 두 마리 판 돈을 가지고. 제주도에서 한 달이나 뭐 했냐니까 민박집에 있었단다. 민박에서 뭐 했냐니까 민박집 주인이 과부였단다. 더 물어보면 또 폭탄 발언이 튀어나올 것 같아서 더 묻지 않았다.

"아직도 그 과부의 이름이 기억나네."

당시 청년회장님은 20대였고 그 민박집 주인은 50대였단다.

"진짜 잘해 주던데."

더 말을 들었다가는 책에 못 실을 위험한 발언들이

튀어나올 것 같아서 서둘러 주제를 바꿨다.

　제주도 한 달 살이에 돈을 다 써버린 청년회장님은 울릉도로 향했다. 울릉도에서 오징어 배를 타면 돈을 벌 수 있다는 말을 들어서였다. 그 오징어 배를 타다가 실수로 바다에 빠졌는데 배에 기어 올라오자마자 무지하게 맞았단다.

　"왜 맞으신 거예요?"

　"몰라. 키가 작은 기관사였는데 일하기 싫어서 일부러 바다에 빠졌다고 다짜고짜 때리데."

　맞다 보니 머리에 구멍이 난 것처럼 피가 솟구쳤다. 청년회장님을 불쌍하게 본 나이 지긋한 선원이 먹으려고 싸온 된장을 머리에 발라주더니 러닝셔츠를 벗어서 꽁꽁 매어주었다. 배가 다시 육지에 닿자

아버지에게 집으로 가고 싶다며 용서를 비는 전보를 쳤단다. 청년회장님의 아버지는 50만 원으로 아들을 데려왔고 혼담이 오가던 지금의 부녀회장님과 결혼을 하게 되었단다.

자식자랑 메들리

이렇게 파란만장하게 살아온 칠성마을 주민들이 푸근한 미소를 지으며 말을 할 때가 있었다. 자식 이야기만 나오면 이 사람들은 세상 바보 같은 얼굴이 되어 아빠 미소, 엄마 미소를 지었다.

2020년 10월 10일 토요일은 경사스러운 날이었다. 아침부터 마을 방송이 나왔다.

"아, 아, 오늘은 마을 전체에 점심 식사가 있습니다. 장정순 씨의 아들 이우용 씨가 아, 아, 의학 박사 학위를 받아 마을 주민들 전체에 점심 식사를 대접하기로 했습니다. 아, 아, 오늘 마을 전체에 점심 식사가 있습니다. 장소는 청산 가든. 단체 버스가 11시 20분에 마을 입구에 오기로 되어 있습니다. 11시 30분에 버스가 식당으로 출발할 예정이니 마을 주민들은 모두 11시 20분까지 마을 입구로 나와 주시기 바랍니다. 다시 한 번 방송합니다. 장정순 씨 아들 이우용 씨가 의학 박사 학위를 받은 것을 기념하여 장정순 씨가 마을 전체를 대상으로 점심을 사려고 합니다. 장소는 청산 가든입니다. 11시 20분까지 마을 입구로 늦지 않게 나와 주시기 바랍니다."

마을 전체가 하는 행사에 빠질 수는 없었다. 나는 11시 10분에 마을 어귀에 나갔다. 벌써부터 식당에서 나온 버스가 기다리고 있었다. 일찍 나온 할머니들은 이미 버스에 탑승하고 있었다. 오늘의 주인공 장정순 할머니를 만날 수 있었다. 아들을 물어보니 현

직 의사로 일하고 있는 아들은 환자를 돌봐야 해서 내려오지 못했다고 했다. 할머니는 두둑한 지갑을 두드리며 마을 사람들 전체에 오리고기를 사기로 했다며 호기롭게 말씀하셨다.

"애 아빠가 살아계셨다면 오늘 소 한 마리 잡아서 몇 날 며칠 동안 먹으면서 잔치했을 텐데."라며 말을 흐리셨다.

아들은 항상 공부를 잘했다고 한다. 이제까지 속을 썩인 적이 없을 정도로 항상 모범적인 아들이었단다. "못한 게 있어야 말을 하지."라며 만면에 미소를 지으셨다.

사실 칠성마을에 자랑할 만한 자식을 가진 사람은 한둘이 아니었다. 내가 칠성마을에 들어오기 바로 직전에 면장에서 퇴임하신 강병필 씨와 부인 김광자

호기롭게 마을 주민 전체에 밥을 쏘는 장정순씨

씨도 두 아들을 두고 있었다.

"첫째는 지금 상명대학교 겸임교수로 일하고 있습니다. 원래 음악을 좋아하고 노래를 잘했어요. 고등학교 때부터는 드럼을 치기 시작하더니 지금은 그걸로 먹고살고 있어요. 한때는 걱정이 많았어요. 음악한다고 머리를 길게 기르고 염색하고 하다가 애 아버지한테 야단도 많이 맞았어요. 지금은 음악으로 먹고살고 있어요. 작사, 작곡도 하고 아이들 레슨도 하고 최근에는 용인 아트홀에 음악 관련 강의도 나가고 있어요."

김광자 씨는 첫째 며느리 은혜민 씨 자랑으로도 할 말이 많은 듯했다.

"며느리가 우리 아들 뒷바라지하면서 교수 만들었지. 우리 며느리는 지금 삼성증권 마케팅팀 이사에

요. 우리 아들 음악 대학 보내고 석사까지 공부시키고 뒷바라지 다 했지 뭐. 항상 고마워. 명절에 와도 진짜 손에 물도 안 묻히게 하고 싶다니까. 임신한 몸으로 일산에서 강남까지 3시간 출퇴근하면서 우리 아들 공부하는 거 뒷바라지까지 한 애예요. 자기가 가족 경제를 책임진다고 남편 무시하고 그런 거 한 번도 한 적 없는 애예요. 얼마나 예쁜데."

김광자씨 둘째 아들은 딸 같이 살가운 아들이다. 매일 6시 10분만 되면 전화가 걸려온다. 대구에 있는 로봇 관련 벤처 회사에 다니는 둘째 아들이다. "아빠 건강은? 엄마 건강은? 엄마 오늘도 고생했어요." 이렇게 매일 매일 퇴근길에 부모님의 안부를 묻는다. 전화의 마지막 멘트는 항상 "엄마 사랑해요, 아빠 사랑해요."다. 술, 담배를 안 하고 여자친구도 만나지 않는 둘째 아들은 차곡차곡 저금하고 있고, 여윳돈이 생길 때마다 부모님에게 선물을 한다고 했다. 지금 있는 세탁기와 TV도 둘째 아들이 사 온 것이었다.

김광자 씨는 말했다. "가정 형편이 넉넉지 못해서 두 아들에게 다른 사람들만큼 못 해준 게 항상 미안해요. 어려운 환경에서도 지금까지 잘 자라줬고, 효도하는 게 항상 감사하죠."

옆에 있던 이동민 씨도 아들 이야기가 나오자 자신의 자랑스러운 아들 이형기 씨 이야기를 늘어놓았다.

"아들이 대구에서 사업을 하는데 아주 효자예요. 내가 많이 도와주지도 못했는데 자수성가했지. 내가 지원해준 거보다 몇십 배는 성공했어. 이번에도 집 수리를 하는데 아들이 5천만 원이나 되는 수리비를 한 번에 계산하지 뭐야." 아들 이야기를 하는 이동민 씨의 입꼬리가 올라갔다.

"우리 집은 아들 하나에 딸 둘이야. 아들딸이 부산, 대구 이렇게 다 흩어져 사는데도 잘 모여. 가족끼리 제주도도 가고 남해에 펜션을 잡아서 놀러도 가고, 코로나 전에는 해외여행도 가족끼리 같이 가고 했어."

이동민 씨는 마지막으로 아이들이 잘 자라준 것이 아내 김부래 씨 덕분이라고 했다. 아내의 이름을 말하는 것도 쑥스러워하고 아내에게 직접 고맙다는 말을 하기도 힘들지만 항상 고마운 마음을 가지고 살아왔다고 고백했다.

"아이들이 잘 사는 것도 다 지들 엄마 닮아서야. 마누라가 진짜 아무 일이나 묵묵하게 다 해내. 심지어 내가 못하는 것도 다 우리 마누라가 해낼 정도라니

까. 우리 마누라만큼 성실한 사람도 드물어. 애들도
다 엄마를 닮아서 부지런하고 잘 살아."

김기자 씨도 아들 임진대 씨 자랑이라면 빠지지 않
았다.

"우리 아들은 엄마 혼자 있다고 하루에 두 번씩이
나 전화를 해. 일주일에 한 번씩은 시골에 꼭 찾아오
고. 얼마나 효잔데."

시골에 사는 할아버지 할머니들은 연락을 자주 하
는 자식, 자주 찾아오는 자식을 최고로 쳤다. 안부
전화나 방문이 얼마나 할아버지 할머니들을 행복하
게 하는지 알 수 있었다.

옆에서 듣고 있던 한 할머니도 아들 자랑이라면 할
말이 많았다.

마을 할머니들

"우리 아들 세 명도 얼마나 효잔데. 아들 셋이 돌아가며 일주일에 한 번씩은 꼭 보러 온다니까. 아들이 세 명인데 다들 얼마나 인물이 좋은지 몰라."

잠시 침착하게 숨을 고르시더니 말을 계속하셨다.

"없는 살림에도 항상 엄마를 어떻게 그렇게 챙기는지 몰라. 내가 혼자 된 지가 좀 오래돼서. 내가 원하는 만큼 아들에게 해준 게 없어. 그래서 내가 마음이 아파. 그래도 지금까지 어긋나지 않고 잘 커 줘서 고맙지. 내가 항상 고맙지."

이 할머니는 아들들에게 해 준 게 없다면서 부끄럽다며 이름을 밝히기를 끝내 거부하셨다.

아들 인물 이야기가 나오니 옆에 있는 서상인 씨도 끼어들었다.

"우리 아들은 인물만 좋나. 키도 얼마나 큰데. 엄마 생각하는 게 마음씨도 착하고 또 애가 얼마나 착한데."

옆에 앉아 있던 최영자 씨도 할 말이 많았다.

"우리 아들도 만날 전화해서 엄마 안부를 얼마나 챙기는데. 또 우리 딸들은 뭘 자꾸 먹으라고 보내는지. 고기도 재워주고 아주 그냥 계속 맛있는 걸 이것저것 보내니까."

주위에서 듣고 있던 심옥출 씨도 딸 자랑 이야기가 나오니까 가만히 듣고만 있을 수가 없었다.

"우리 딸은 여기공 대표야."

여기공이 뭐냐고 물어보자 심옥출 씨의 답변이 근

자식자랑에 한창인 할머니들

사했다. 딸 이현숙 씨를 무척이나 자랑스러워하는 듯했다.

"여기공은 여성 기술자를 양성하고 기술 문화 콘텐츠를 제작하는 곳의 줄임말이야. 그러니까 기술을 가진 여성들을 지원하는 단체야."

"할머니 어떻게 그렇게 잘 아세요?"

"우리 딸이 거기서 대표를 맡고 있는데, 엄마가 그런 것도 몰라서 되나."

"따님은 자주 오세요?"

"우리 딸이 전국에 강의를 다녀요. 이번에 행안부에서 초청을 받아서 발표도 하고. 전국으로 돌아다니니까 바쁘니까 그렇게 자주는 못 와. 이번에는 의성에서 강의를 해서 와."

"그럼 오랜만에 집에 오겠네요."

"아니, 집에서는 안 자고 읍내에서 얼굴만 보기로
했어."

"왜요?"

"코로나 때문에 의성에 있는 자기 친구 집에서 잔
다네. 괜히 마을에 와서 어르신들한테 코로나 옮기
면 안 되니까. 우리 딸이 전국으로 돌아다니니까 조
심하는 거야."

"따님은 항상 그렇게 활동적이셨나요?"

"아니, 우리 딸은 책만 봤어. 고등학교 때는 지 학

교에 있는 책이 부족해서 한 달에 책 사는 데만 거짓말 안 보태고 월 200씩 들어갔다니까."

"우와. 그러니까 지금 그렇게 많은 사람들 앞에서 강의도 하고 그러시나 봐요?"

"그렇겠지? 우리 딸이 하는 말이, 대한민국에서 책 좀 그만 보라는 엄마는 나밖에 없다고."

옆에서 듣고 있던 오수일 씨는 말했다.

"우리 아들, 딸은 한 달에 30만 원씩 매달 용돈을 보내줘. 내가 보내지 말라고 했는데도 그러네." 이렇게 말하면서 오수일 씨는 웃었다.

아들 자랑에는 부녀회장님도 빠지지 않았다.

"우리 큰아들은 지금 한 달 휴가 받고 집에 내려와 있어."

"왜요?" 내가 물었다.

"지금 추수하는 시즌이잖아. 대구에서 자기 일이 있는데도 집에 농사일 돕겠다고 내려와서 일해 줘. 내가 거들려고 하면 밀어내요. 엄마 힘들다고 자기가 다 할 거래. 모내기 때도 집에 내려와서 도와주고 그런 효자가 없어."

"원래부터 그렇게 효자셨나요?"

"큰아들은 어렸을 때부터 효자였어. 내가 아무것도 신경 쓸 게 없었다니까. 초등학교 5학년 때부터 공부 시키려고 대구에 보냈는데, 아무 말 없이 있더라고. 그래서 괜찮나 했는데 그 어린 게 집에 놀러 왔다가 다시 돌아갈 때는 말없이 눈물을 흘려요. 엄마, 아빠가 그리워서 놀러 오면 안 돼? 하고 물어. 엄마 대구에 놀러 오면 안 돼? 하는 게 아직 생각나네."

지나가던 김화자 할머니도 아들 자랑에 끼어들었다.

"우리 아들 신정기, 신용기는 항상 전화해 주고 엄마가 혼자 있다고 챙기고. 며느리들도 내가 혼자 있다고 항상 반찬도 보내 주고 얼마나 고마운지 몰라."

이수형씨

자식들 이야기를 들으니 이수형 씨는 돌아가신 자신의 부모님이 생각난다고 했다.

"젊었을 때는 부모

님이 소중하다는 것을 못 느꼈어요. 이제 아이들이 커 가는 걸 보니까 자꾸 부모님 생각이 나네. 그리워."

옆에 있던 김옥련 할머니가 아들 자랑 메들리의 종지부를 찍었다.

"나는 아무것도 필요 없어. 우리 신종선, 신종태, 신경자, 신종용 이렇게 4남매만 있으면 돼. 다른 건 다 필요 없어."

할머니들에게 필요한 건 용돈도 선물도, 박사 학위도, 대표라는 직함도, 강연도, 전국적인 유명세도 아니었다. 연락과 관심. 그리고 자식이라는 존재 자체.

한 명씩 밤하늘의 별이 되어 간다

불행하게도 의성군은 전국에서 아니 세계적으로도 고령화가 가장 빨리 진행되는 곳이었다. 이렇게 행복한 모습의 칠성마을 사람들은 하나둘씩 하늘나라로 떠나고 있었다.

2020년 5월 18일 칠성마을의 할아버지 한 분이 하늘로 올라가 별이 되었다.

"내가 예전에 혼자 있는 할머니가 밤에 장만 찍어서 먹길래 왜 그렇게 먹냐고 물은 적이 있었어. 그

할머니가 혼자 챙겨 먹는 것도 뭐 하고 해서 그냥 밥에 장만 찍어서 먹는다고 하더라고. 근데 올해에 영감 가고 이제 내가 밥에 그냥 장만 찍어서 먹고 있네."

2020년 초 코로나19로 인해서 농촌 지역의 모든 사회적 활동이 중단되었다. 노래를 좋아해서 노래자랑에서 인기상까지 타신 할머니는 남들 앞에서 노래할 무대를 잃어버렸다. 사회적 거리 두기로 인해 동네 회관 1층에 있는 노래방 기계를 사용하는 일까지 금지되었다.

친구도 많고 밖에 나가는 일이 많았던 88세의 할아버지는 코로나19로 인해 밖에 나가는 일이 완전히 없어졌다. 집에 있는 시간이 많아지자 할아버지에게 우울증이라는 손님이 찾아왔다.

"할아버지가 수면제도 먹고 농약도 먹고 했어. 할아버지 말이 지금 못 가면 이제 못 간다, 그래. 할아버지 말이 내가 고생할까 봐 먼저 가고 싶다고 그래."

자기 곁에서 평생 고생한 할머니가 자신의 우울증으로 말년까지 고생하고 있는 모습을 보자 할아버지는 이번에는 정말 세상을 떠날 결심을 하셨다. 집에서 할머니 곁을 지키던, 80세를 넘기신 칠성마을의 할아버지는 별이 되어 칠성마을의 하늘로 올라가셨다. 할머니는 바깥 외출을 줄이셨다. 나는 계속 혼자 계시는 할머니에게 밖으로 나가시고 맛있는 것도 사 드시라고 했다. 하지만 할머니는 아직 바깥 외출이 쉽지 않았다. 할아버지가 돌아가신 후에 자신이 밖으로 놀러 다니는 것에 대한 부담이 커서였다.

할머니는 노래 대회에 나가서 인기상을 타신 후 찍

은 사진을 보여주셨다. 가수가 지역을 방문했을 때 같이 찍은 사진도 보여주셨다. 그리고 구미에서 경찰로 근무하는 33살의 손자가 아직 결혼을 안 했다며 걱정을 하셨다. 예쁜 목소리를 가지신 할머니는 노래하는 일이 있을 때마다 여기저기에 불려다니셨다. 할머니의 18번은 〈내 사랑 그대〉였다. 전국노래자랑에도 나갔지만 긴장해 가사를 까먹은 탓에 예선에서 탈락했단다.

할머니가 예쁘게 외출복을 차려입고 사람이 많은 곳에서 〈내 사랑 그대〉를 부르는 날이 빨리 왔으면 좋겠다. 할머니가 자신을 위해서 진수성찬을 차려놓고 매일 즐겁게 식사를 했으면 좋겠다.

칠성마을 사용 설명서

100명 남짓 모여 사는 칠성마을에는 갖가지 편의 시설이 갖추어져 있었다. 어르신들이 좋아하는 찜질 방에서부터 마을 회관에는 노래방 시설, 탁구대, 체력 단련실까지 갖추어져 있었다. 그리고 사람들이 자유롭게 만나서 대화를 나눌 수 있는 공간이 마련되어 있었다.

팔각정1

칠성마을에는 두 개의 정자가 있었다. 하나는 마을

찜질방
노래방
체력 단련실

팔각정 1 전경

팔각정에서 과일을 나눠먹는 모습

어귀에 있는 정자, 다른 하나는 고인돌이 전시되어 있는 곳의 정자였다. 고인돌이 전시되어 있는 정자에는 주로 할머니들이 모였다. 내가 무료해지기 시작하는 오후 2시경부터 사람들이 모이기 시작했다. 새벽 네다섯 시경에 일어난 할머니들에게는 오후 2시면 벌써 하루 일을 다 끝내고 이제 쉬는 시간이었다. 가끔은 판돈 십 원짜리 고스톱을 칠 때도 있었고, 대개의 경우는 모여서 수다를 떨었다.

열 번 중의 아홉 번 정도의 경우로 먹을 것이 있었는데 할머니들 중 한 명이 먹을 것을 들고 와서 다같이 나눠 먹는 것이었다. 내가 낀다고 해서 대화의 주제가 달라지거나 고스톱을 멈추는 경우는 없었다. 그냥 내가 있는 듯 없는 듯 마음을 편하게 해줬다. 내가 대화에 참여하지도 않았다. 마치 내가 없는 듯이 그냥 자연스럽게 대화를 했다. 내가 웃어주면 더 신이 나서 대화가 고조되는 경우도 있었지만 그렇다

할머니들이 주신 채소

고 내가 없어서 대화가 멈추지도 않았다. 간혹 할아버지들이 이 장소에 나타나는 경우가 있었는데 할머니들에게 집중적인 공격을 받고 쫓겨 가기도 했다. 이 정자에는 고인돌뿐만 아니라 보통의 한국 공원처럼 운동 기구들이 있었는데 대화를 나누다 찌뿌둥해진 할머니들은 가끔 허리 돌리기나 팔다리 운동 등을 몇 번 하셨다.

이곳에서 과일이나 반찬, 된장, 고추장 등을 얻기도 했는데 할머니들이 뭐가 필요하지 않으냐고 물어볼 때는 망설임 없이 "네, 필요합니다!", "네, 저 엄청 좋아합니다!"라고 외치면 됐다. 할머니들은 항상 맛있는 것이 있으면 나누어 주려고 했고, 정말 맛있었다.

팔각정2

두 번째 정자는 마을 어귀에 있는 정자로 칠성마을에 들어가려면 꼭 거쳐 가야 하는 곳이었다. 이곳은 첫 번째 정자와는 달리 할아버지들과 할머니들이 사이좋게 담소를 나누는 곳이었는데 매일 저녁마다 집합이 이루어졌다. 농사일이 바쁘지 않은 시기에는 오전이나 오후에도 사람들이 이야기꽃을 피우는 곳이 있지만, 주로 이곳은 사람들이 저녁 식사를 끝낸 8시 이후에 활기를 띠었다. 정자의 앞에는 과속방지턱이 있어서 차량이 한번 덜커덩하는 시간에 그곳에 모여 있는 할아버지들은 운전자를 체크했다. 마을 주민들의 차종과 차량 번호는 거의 다가 외우고 있었

팔각정 2 전경

기 때문에 외부 차량이 마을 진입을 시도하면 할아버지들은 어깨에 힘을 주기 시작했다. 군대 입구 초소를 지키고 있는 군인들 같은 역할을 하는 것이었다. 청년회 대부분의 회원들이 60을 넘긴 칠성마을이었지만 모두가 온갖 과일과 제철 농산물로 영양을 챙겼고, 온몸 곳곳에 농사일로 다져진 잔 근육을 가지고 있었다. 책상 앞에 앉아 썩어 가고 있는 몸을 가진 20대 도시 청년들은 한주먹에 날려버릴 수 있는 할아버지들이었다. 나에게는 이곳 또한 과일이나 반찬을 받을 수 있는 곳이었는데, 매일 저녁 무언가 나누어 먹는 것이 있는 곳이었다. 하루는 자두, 다음 날은 수박, 그다음은 복숭아, 가끔은 읍내에 다녀온 할아버지가 곱창 전골을 가져와 같이 한 솥 끓여 먹기도 했다. 갖은 식기 세트와 숟가락, 젓가락, 냄비와 프라이팬 등등 모든 주방 장비를 갖춘 곳이었다. 과일이나 먹을 것이 없을 때는 믹스커피라도 나왔다. 이곳은 마을 공동의 공간이었지만 거의 안방 같은 분위기를 갖춘 곳으로, 할아버지들은 잠옷을 입고 자고 있기도 했으며 가끔은 읍내에서 얼큰하게 취해서 온 할아버지의 만담이 펼쳐지기도 했다. 또 가끔 나를 놀리는 대화가 일어나기도 했지만 이곳에서도 거의 내가 가나 안 가나 비슷한 대화가 계속됐다. 내가 빠지나 참여하나 누구도 불편을 느끼지 않았으며 대화가 이어졌다. 9시가 되면 드라마 시청을 끝낸 할아버지가 등장하며 대화는 새로운 국면으로 접어들었다. 이렇게 고조된 대화는 10시 언저리가 되면 끝이 났고 할아버지들은 하나둘 잠이 들었다.

팔각정의 변신

내가 머무는 네 달 동안 이 팔각정은 마을의 랜드마크답게 몇 번이나 개보수 공사가 진행되었다. 원래는 선풍기나 소품을 고치는 것들이 다였다. 하지만 점점 일이 커져서 칸막이 공사에 TV 설치, 겨울 방한 대비 설비까지 진행되었다. 사전 계획이나 예비 타당성 조사 뭐 그런 건 일절 없었다. 이야기하던 사람 중 하나가 말하면 수시로 개보수 공사가 시작됐다.

팔각정의 선풍기를 고치는 주민들

"이장, 비만 오면 여기 못 앉아 있겠다. 비 막는 거
좀 해라."

"그런 게 왜 필요하냐?"부터 사방이 뚫려 있어서
시원하게 좋은데 왜 그러냐는 둥 논쟁이 시작되었
다. 무지막지한 태풍이 두 번씩이나 쳐들어와 비를
맞은 후 바로 공사가 진행되었다. 나무 기둥을 둘러
쳐 튼튼하게 기초 공사를 한 후 파란색 비닐이 둘러
쳐졌다. 도시 기준으로 보면 어디서 나무와 비닐을
가져와서 재활용했나 싶을 정도였지만 비바람이 거
세게 쳐도 끄떡도 없었다. 또 팔각정에는 전선이 연
결되어 있어 여름이면 선풍기 두 대가 양방향으로 돌
아갔다.

9월 중순을 넘어 날씨가 쌀쌀해지자 누군가 온열
매트를 가져왔다. 야외에 추운데 온열 매트가 효과
가 있을까 싶었지만 엉덩이가 따뜻하니 온몸이 따뜻

해지는 기분이었다. 뭐랄까? 노천 온천에 엉덩이만 담그고 있는 기분이랄까? 좋았다. 온열 매트가 설치되고 그다음 주에는 누가 TV까지 설치하자고 나섰다. 케이블을 설치한다, 접시를 설치한다, 뭐 한다 하다가 결국은 그냥 TV만 놓았는데 신기하게도 잘 나왔다.

도시는 사람이 많아도 항상 혼자다. 하지만 칠성마을에서는 혼자일 곳이 없다. 논길을 걸어가는 길에도, 밖에 나가는 길에도 항상 사람들을 만나서 인사를 해야 했다.

도시에서는 타인이 두렵다. 모르는 사람은 잠재적인 적으로 규정된다. 뒤따라오는 남자는 잠재적으로 추행할 사람으로, 앞에 가는 사람은 자신의 갈 길을 방해하는 사람으로 규정된다. 위층에 사는 사람은 잠재적인 층간 소음 유발자로, 아래층에 사는 사람은 잠재적인 담배 연기 파이프로 규정한다. 사실 추행을 당하는 경우나, 앞사람이 갈 길을 방해하는 경우는 드물다. 견디지 못할 정도로 24시간 쿵쿵 뛰거나 줄담배를 피워서 위층으로 연기를 올리는 경우도 드물다. 죽을 각오로 뛰어봤자 실내에서 2시간 이상 뛰기 힘들고, 죽을 각오로 담배를 피워봤자 하루에 두 갑 이상 피우기 힘들다. 이 잠재적이라는 개념이 무서운 것이다. 앞에 있는 사람과 뒤에 오는 사람을 불신하기 시작하면 지구상에서 혼자 살아가지 않는 이상 걱정이 된다. 아래층 사람과 위층 사람에 대해서 짜증을 내기 시작하면 하루 24시간 불편하고 스트레스를 받는다.

내가 겪은 칠성마을은 주민들 간의 신뢰가 안정적으로 연결된 공동체였다. 불신은 불안을 낳고 불안은 불행을 부른다. 행복하기 위해서는 불안의 고리를 끊고 신뢰를 회복해야 하는데 우리 사회는 행복하

같이 모여 대화를 나누는 주민들

기 참 힘들다는 생각이 들었다. 7월부터 10월까지 4개월간의 짧은 시간이었지만 내가 다른 사람에 대해 가지는 감정을 바꾸기에는 충분한 시간이었다. 물론 4개월간의 시골 생활이 나라는 인간이 가진 성향을 완전히 바꾸지는 못할 거라는 생각도 들었다. 지금은 타인에 대한 신뢰가 충만해서 행복을 느끼겠지만, 시간이 조금만 흐르면 다시 불신이 쌓이고 불안해지고 불행을 느낄 수도 있다. 그래도 칠성마을의 하늘을 벌겋게 그리던 노을과 깜깜한 밤하늘에 반짝이던 별들은 지구상의 어디에서도 칠성마을이 떠오르게 할 것이다. 그때 다시 나는 사람들의 따뜻했던 마음을 그리고 어느 때보다도 안정되었던 내 마음을 떠올리게 될 것이다.

팔각정에서 음식을 나눠먹는 주민들

칠성마을을 떠나오며

10월이 되면 칠성마을 주변은 황금빛으로 물들었다. 수확이 시작됐다. 그동안 태풍에 쓰러지고 가뭄에 시달리던 벼들은 황금빛을 발하며 추수를 준비했다. 마을 사람들은 새벽부터 일어나서 벼를 베고, 털고 또 건조하면서 바쁘게 지냈다. 바쁘게 움직이는 사람들 얼굴에는 '보람'이라는 글자가 쓰여 있었고 1년에 한 번 있는 수확의 계절에 행복한 모습이었다.

도시에서의 삶을 흔히 쳇바퀴 돌아가는 삶이라고 한다. 날짜가 변하든, 1월이 2월이 되든, 계절이 변

벼들이 익은 논의 풍경

노을 지는 칠성마을

하든, 2020년이 2021년으로 넘어가든 계속 같은 일상이 반복된다. 같은 버스나 지하철을 타고, 같은 건물에 들어가 일을 하고, 거의 엇비슷한 배경에서 밥을 먹고 잠을 잔다. 시골에서 지낸 지 4개월밖에 되지 않았지만 나는 날이 변하고, 계절이 변하고, 이제 다음 해로 넘어가는 시간을 느낄 수 있었다. 시골에서의 삶이 반복되면 이 또한 지겨운 일상이 될 수도 있다. 하지만 꽉 막힌 건물들이 아니라 탁 트인 공간에서 자연의 변화를 관찰할 수 있고, 농작물을 심고 그 결과물을 볼 수 있다는 것은 새로운 경험이었다.

칠성마을의 밤하늘에는 유난히 많은 별들이 반짝였다. 마을 사람들은 오늘도 마을의 팔각정에 모여서 하루에 있었던 일들을 나누고 있을 것이다. 술에 취한 할아버지 한 사람이 과장된 이야기를 들려주면 앉아 있던 다른 주민들은 하하 호호, 껄껄껄 하면서 웃음을 터뜨릴 것이다. 할머니의 핀잔에 할아버지는 깨갱하며 머리를 긁적일 것이다.

10시 즈음 되면 팔각정에 모여 있던 마을 사람들도 하나둘씩 자기 집으로 잠을 청하러 간다. 집에 가는 길에 밤하늘을 올려다본다. 시골은 도시와는 달리 인공적인 빛이 적다. 깜깜한 밤하늘을 바라본다. 칠성마을의 밤하늘에는 셀 수 없을 만큼의 많은 별들이 빛나고 있다. 지금 같이 시간을 보내는 칠성마을 주민들도 언젠가는 한 명씩 하나의 별이 되어 밤하늘을 수놓을 것이다. 일곱 개로 시작된 별들이 수백, 수천 개의 별들이 되어 마을 주민들을 내려다보고 있다. 칠성마을에서 살다 간 수백 수천의 사람들은 행복한 기억을 가지고 하늘에 올라가 별이 되었다.

칠성마을의 저녁 풍경

밤의 팔각정

칠성마을에 비온 뒤 뜬 무지개

의성 할매, 할배들 아직 살아있네

초판 1쇄 인쇄 2021년 01월 08일
초판 1쇄 발행 2021년 01월 25일
지은이 한성규

주최 의성군 · 의성군이웃사촌지원센터
주관 (사)인디053

펴낸이 김양수
편집 이정은
교정교열 이봄이

펴낸곳 도서출판 맑은샘
출판등록 제2012-000035
주소 경기도 고양시 일산서구 중앙로 1456(주엽동) 서현프라자 604호
전화 031) 906-5006
팩스 031) 906-5079
홈페이지 www.booksam.kr
블로그 http://blog.naver.com/okbook1234
이메일 okbook1234@naver.com

ISBN 979-11-5778-473-8 (03800)

* 이 도서는 '2020의성 살아보기 예술가 일촌맺기 프로젝트' 사업의 일환으로 제작되었습니다.

* 이 도서의 판매 수익금을 재단법인 의성군 인재육성재단 장학금으로 기부합니다.